고통은 흔적을 남긴다

고통은 흔적을 남긴다

인쇄　2023년 9월 15일
발행　2023년 9월 25일

지은이　현진숙

펴낸곳　열림문화
주소　제주특별자치도 제주시 청귤로 15
전화　(064)755-4856
이메일　sunjin8075@hanmail.net
인쇄　선진인쇄사

ISBN　979-11-92003-36-8　(03810)

고통은 흔적을 남긴다

현 진 숙 시집

열림문화

2부

3부

4부

5부

시평

부록

1부

이대로가 좋다

우리는 모른다

사랑 앞엔 인간보다 매미가 한 수 위

나무 사랑

우린 이미 행복하다

인생에는 승자도 패자도 없다

가라, 나아가라

날개가 없다고 어찌 비상을 꿈꾸지 않으랴

글의 힘

슬프게 하는 것들이 일어서게 한다

삶은 신성하다

고 통 은   흔 적 을   남 긴 다

이대로가 좋다

어느 시인은 말했다.
술 몇 잔 얻어 마셨더니
칠십이 되었다고

끝 모를 허욕에 끝 찾아 바둥거리는 사이
나 어느새 육십, 그 애먼 세월에
투둑 가슴 내려앉던 된서리 몇 번에
단단한 응어리 몇 개도 가슴께에 박혀 있다

그렇지만
그럼에도

전능한 누군가 있어 젊음을 되돌려준다 해도
조용히 거절할 테다
지금의 나로 살아갈 테다

이제는
잠시 가던 길 멈추고
놓쳐버린 꽃도 보고 하늘도 보며
조금씩 천천히 늙어 갈 테다
흘러가는 것은 흘러가는 대로
사라지는 것은 사라지는 대로
그저 보내고 맞으며
순한 시간들 속에 순하게 살다

그날이 오면
이만하면 잘 살았노라고
미소 지으며 떠날 테다

우리는 모른다

어리석은 우리는 모른다
내일이 있다는 게 얼마나 기적인지를

손이 있어 밥을 먹을 수 있고
눈이 있어 어머니를 아버지를 볼 수 있고
귀가 있어 바람을 느낄 수 있고
다시 아침이 오면 눈부신 햇살을 맞을 수 있고

우리는 모른다
이 모든 것이 기적임을

더 이상 내일이 없다는 것을 알았을 때야
그때서야
기적이었음을 깨닫는다

이미 잃어버린 후에야

사랑 앞엔 인간보다 매미가 한 수 위

저 매미 소리를 들어보라
절박하지 않는가
저리도 절박한 이유는 딱 하나
수컷이 짝짓기를 위해 암컷을 부르는 소리다

칠 년이란 긴 세월, 캄캄한 땅속에서 견뎌
세상 밖으로 나온 수컷이 오로지
짝짓기를 위한 구애의 절규이다

교미를 끝낸 저들은 또 어떠한가
더 이상 날 수도 울 수도 없다
미련 없이 죽어 갈 뿐이다

그러하다
이 짧은 여름 한 철, 짧은 사랑의 한순간을 위해
긴 세월 음지 속에서 일생을 준비해 온 것이다

사랑의 절정이 생의 끝인 저들

사랑 앞엔 인간보다 매미가 한 수 위

나무 사랑

나무
가꿔 본 사람은 안다
가지와 가지들은 서로 다툼이 없다는 것을
내뻗어 가는 사이 다른 가지와 부딪힐만하면
겸허히 제 몸 휘어 다른 방향으로 몸을 튼다
제 살기 위해 마냥 뻗지 않는다

바람과도 그러하다
바람 불면 바람 부는 쪽으로
가만가만 몸 눕혀 길 내준다

겨울인들 다르랴
생애를 바쳐 피워올린 꽃과 잎을 버려
오직 알몸으로 하늘의 순리를 기다린다

그렇게 나무들은 의연히 제자리를 지켜낸다

우리도 그렇게 살 일이다

우린 이미 행복하다

엄살떨지 마라
배부른 투정 마라
우린 이미 많은 것을 가졌다
충분히 배부르다

만족할 줄 모르는 당신이 있을 뿐이다

똑바로 봐라!

인생에는 승자도 패자도 없다

살수록 모르겠다
더욱 모르겠다
삶이 뭔지, 도대체 뭐가 삶인지……

그럼에도, 삶은 내게 가르쳐주었다

아무리 미미한 삶일지라도
한 줄로 요약되는 삶이란 없다는 거
눈물의 양만큼 땀의 양만큼
저마다의 생은 다 고귀하다는 거

인생에는 승자도 패자도 없다는 거

가라, 나아가라

노인만 시드는 게 아니다
청춘도 아끼면 썩고 만다

가라, 나아가라

그만한 통증 없이
그만한 불면의 밤도 없이
무엇을 꿈꾸려 하느냐
어찌 살아가려 하느냐

무모한 꿈 한번 꾸어보지 못한 청춘, 청춘도 아니다

세상 한가운데로 나아가라

산고 없는 잉태가 어딨더냐

날개가 없다고 어찌 비상을 꿈꾸지 않으랴

세상을 믿어도 될까
세상을 믿어도 살아남을 수 있을까
사람을 사랑해도 될까
사람을 사랑해도 추락하지 않을까

전쟁터에서도 아기는 태어난다지
오아시스도 애시당초 사막이었다지

날개가 없다고 어찌 비상을 꿈꾸지 않으랴

보아라
내리꽂히는 저 폭포수도 비장히 거슬러 올라
하늘에 맞닿나니

아이야, 일어나 하늘을 보아라
작열하는 태양의 이글거림을 보아라
솟구쳐 오르는 광명의 빛을 보아라

보아라

저 오천 년의 붉은붉은 햇덩이를 보아라

아이야! 날아보자꾸나
세상을 믿고 사랑도 하며
휠, 휠,

날개는 추락하기 위해 있나니!

글의 힘

빛처럼 뚫고 들어온 단 한 편의 시로도
온 우주가 내 안으로 들어오는 환희를

빛처럼 뚫고 들어온 단 한 줄의 글귀로도
병든 영혼이 피어나는 경이를……

그리하여

영혼 깊숙이 스며든 글들은 빛으로 남는다

죽지 않는다

슬프게 하는 것들이 일어서게 한다

해 질 녘, 시장 귀퉁이에 웅크려 앉아
팔아본들 만원 될까 말까한 파 몇 단 붙들고
오가는 행인들을 바라보는 할머니의 간절한 눈빛이 슬프다
할머니만큼 해진 소쿠리 속의 손때 꼬깃한 지폐 몇 장과
동전 몇 닢이 또 슬프다

붐비던 승객들은 제 갈 길 가버린 횅한 지하철역
구석에서
꾸역꾸역 빵조각 우겨넣는 노숙자의 공허한 눈빛이
슬프다

뒷골목 순대국밥 식당에 죄인인 양 막막히 앉아
구직 광고란만 쳐다보며 쓴 소주잔 비우는
중년 남자의 처진 어깨가 슬프다

찬 새벽길, 골목 구석에서 장작불에 언 몸 녹이는
환경미화원의 나직한 한숨이 슬프다

하루라도 아르바이트 빠지면 사생결단이라도 날것처럼
눈이 벌겋게 달려가는 청년의 땀에 젖은 얼굴이 슬프다

슬프게 하는 것들이 나를 일으켜 세운다

다시 살 힘을 준다

삶은 신성하다

벼락 치듯 날아든 부고 소식
일주일 전까지 멀쩡하던 지인이 타계했다는……

경황없이 조문을 갔다 오며
너무도 황망한 나머지 친구에게 하소연 했다

한 치 앞도 모르는 게 인간사라고 하지만
그래도 그렇지, 어찌 저리도 허망하게 갈 수가 있어
인생 별거 없다더니 그 말이 딱이네 딱이야
허망하네 허망해

그러자 맞장구쳐 줄줄 알았던 친구는
의외로 정색까지 하며 되받아쳤다

그래, 인생 별거 없지, 니 말마따나 허망하지 허망해
근데 말이야
인생 별거 있는지 없는지 찾아 본 적은 있어?
인생을 던져 찾아 본 적은 있냐고?

불의의 반격에 난 대꾸할 말을 잃었고
꾸욱 입을 다문 채 걷던 친구는 내친 김인지 마저 입을 열었다

별수 없는 인생, 허망한 인생임을 알면서도 평생을 바쳐
뭔가를 갈구했던 사람만이 생이 끝나는 순간
인생을 말할 자격이 있는 거야
그런 사람만이 인생 별거 있네 없네 말할 자격이 있는 거라고
편리한 자기 위안용이랄까, 도피용마냥 함부로
인생을 재단해선 안돼
그건 신성한 인생에 대한 예의가 아냐
모독이야!

의표를 찌르는 친구의 한마디 한마디에
나는 실로 유구무언 일 수밖에 없었고
동시에 팡! 하는 총성 한 발이 가슴팍을 관통하며
지나갔다

2부

고 통 은   흔 적 을   남 긴 다

밤의 비가悲歌

이 밤, 깊어 가는 이 밤
어느 누가 탄생하고 사랑하고 이별하고 있는가
어느 누가 차마 감을 수 없는 눈으로 죽어가고 있는가
어느 누가 밤새 울며 울며 한 가닥 빛을 찾아 헤매고 있는가

밤마다 밤마다

어느 누가 텅 빈 희망을 붙잡고 울고 있는가
어느 누구의 꿈이 산산조각이 나고 있는가

필경 밤은 평화를 위함인가
평화를 깨기 위함인가

아니, 이미 다 지나갔다
어떤 밤이 온들 빛을 낳는 밤은 없다
빛으로 남는 밤은 없다

세상은 오늘도 독이 든 성배

위조같은 평화

인생길

이날 이때까지
걸어온 길이 보이지 않네

숨차던 오르막길도
안개 속 첩첩인 그 길도
발 헛디뎌 돌아갈 길이 보이지 않던 그 길마저
걷고 또 걸어왔건만

너덜너덜 신발 굽 닳도록
허위허위 예순 해 걸어왔으면
보일 법도 한데,

어디로 가면……
어디쯤 가면……

아, 평생을 가고 가면 보이려나!

이 신기루 같은

가을 일몰

귀로의 해 질 녘, 텅 빈 바람은
텅 빈 가슴 휘저으며 허허로운,
앙상한 나무 마른 이파리
몇 끌어안고 하느작하느작

사람마다 제 갈 길 가고
창마다 불은 켜지고
작은 새마저 제 발자국 몇 점 찍어 놓으며
놀빛 헤쳐 갈 제

못내 그리운 얼굴들과 무너진 꿈들과
육순의 남루한 그림자 하나
까닭 없이 자꾸만 자꾸만 뒤돌아보며 머뭇머뭇
더는 갈 곳 없어, 갈 곳 잃어

해는 기우는데

살아온 흔적은 어디에

어떤 이는 말한다
여태 아등바등 살아왔으니
이제는 쉬엄쉬엄 살라고

그럴 때마다 가슴이 시리다

바등거린 흔적은 무언가
무얼 위한 바등거림이었던가, 하는 허허로움에

순간에서 영원으로

뒤돌아보니 벌써 마흔 해 전쯤이었나 보다
선뜻 현실에 뛰어들지 못해 방황하던 20대 초였으니까

무작정 백양사로 길을 떠났다
왜 하필 백양사였는지 아직도 난 모른다

적적히 뒹구는 낙엽을 뒤로하며
절에 당도하자 해 질 녘
저무는 산 아래 가람은 고요했고
법당 앞 뜨락에는 국화가 무리 지어 피어 있었다

소슬바람에 흔들리는 국화 사이로 한 스님이 시야에 들어왔다
단아한 체구의 노승이었다

그때는 몰랐었다
그 스님이야말로 한국 불교계의 큰 족적을 남기신
서옹 대종사라는 사실을……

법력에라도 이끌린 듯 스님의 처소로 발을 들여놓았다
스님과의 우연의 만남이었다
아니다, 우연이 아니었다
필연이었다
그렇지 않고서야 어찌 처음 친견하는 순간 척추가 벌떡 곤두서 듯
전신이 떨려 왔겠는가

이뿐이랴
삼배三拜의 예禮를 올리며 본 스님의 모습은
생불인 듯 아니, 인간 본연의 모습인 듯 도무지
눈이 부서왔다
아우라마저, 구도자의 자취마저 녹여버린
그 천진함, 무구함이란!
실로 그 고매한 자태는
그대로가 법문이었다 사자후였다

순간, 바로 그 순간 감전된 듯 감히 서원誓願을
세우고 말았다

이 덧없는 사바,
저런 모습으로 살아가겠노라고 죽어가겠노라고

육순이 넘은 지금도 여전히 갈망한다

그때의 스님의 얼굴에서 흐르던 그 서기瑞氣를
그 무구함을

꿈인들 어떠랴

나고 죽고
피고 지고

삶이란 다만 꿈일 뿐
꿈인지도 모르는 꿈일 뿐

꿈 아닌 건 죽어 있는 것뿐
그것, 그것뿐

그래서 어쩌란 말인가
어쩌란 말인가!

그렇다 한들……

그럼에도 불구하고……

살아봐야 아는 것들 1

살아봐야 아는 것들

열심히 노력해도 보상받지 못한다는 것
뿌린 대로 거두지도 못한다는 것
딱히 잘못한 일도 없는데 큰 벌 받을 때도 있다는 것
아무리 간절해도 구원받지 못할 때도 있다는 것

세상은
힘 있는 자 가진 자 위주로 돌아간다는 것
해서 힘없는 자 가진 것 없는 자는 끝까지 가질 수 없다는 것
해서 진실이 이기는 게 아니라 이기는 게 진실이라는 것
해서 시대는 위태롭고 희망은 죽어가고 있다는 것

살아봐야 아는 것들

세상은 교과서처럼 공평하지도 아름답지도 않다는 것

살아봐야 아는 것들 2

살아봐야 아는 것들

기쁨과 슬픔은 수시로 얼굴을 바꾸며 한 몸에서 나온다는 것
해서 긴 기쁨 긴 고통은 없다는 것
결핍 없는 삶이 꼭 행복한 삶은 아니라는 것
결핍 인생만이 맛볼 수 있는 삶의 기쁨이라는 것도 있다는 것
행복이란 것도 소박한 저녁 밥상 마냥 사소한 것이라는 것
해서 자신이 만드는 만큼 누릴 수 있다는 것

어느 인생이든 생로병사, 흥망성쇠의 엄정한 틀 속에 갇혀 있다는 것
해서 누구에게나 생의 끝이 있다는 것
이야말로 신이 인간에게 내린 가장 큰 축복이라는 것

살아봐야 아는 것들

이만하면 세상은 살만하다는 것

고통은 흔적을 남긴다

지옥까지 가본 자는 쉬이 죽지 않는다
그들은 알고 있다
삶이란
도처에 지뢰밭이란 걸
아가리 딱 벌린 나락이란 걸

그럼에도, 살아 남는 것 만이
유일한 의미라는 걸
인생의 승리라는 걸

그들은 처절히 처절히 알고 있다

그들에게 죽음은 단지 패배일 뿐이다

사는 법

불현듯 넌 물었지
어떻게 살고 있느냐고
농담조로 난 대답했지
눈뜬장님 마냥 귀머거리 마냥 살고 있다고
농담인 줄 알고 넌 피식 웃고 말더군
하지만 그래, 농담만은 아냐
눈 먼 듯 귀 먼 듯 때로 생각도 없는 사람 마냥
그렇게 살고 있어

감당할 수 있을 만큼만 입 열고 귀 열고 마음도 열며

나머지 능력 밖의 것들은 세월에 맡긴 채

가슴도 반은 닫은 채 말이야

그래, 이렇게 살고 있어

이 와글와글 세상

너무도 잘 나고 당당한 사람들…… 그 틈바구니 속에서도

죽지 않고 살아남으려고

강옹 만나던 날*

방문을 열자 눅눅한 요 위에 강옹이 누워있다
이 엄동 한파에 불기라곤 석유난로 하나
요 밑으로 앙상한 손과 발 가느다란 팔다리가 보인다

점심으로 때웠는지 옹이진 밥주발과 몇 점 남은 김치 쪼가리
신문지 위에 엉켜 있다
국물도 반찬도 없는 점심이었나보다

저녁 식사 사드릴까요, 묻자
한 끼 먹었으니 됐다고 한다
담배로 허기도 달랠 수 있다며
담배나 한 갑 사달란다

가슴이 아프다
인터뷰고 나발이고 무슨 소용인가
수천, 수만의 언어가 무슨 소용인가
이미 강옹이 모든 걸 증명하고 있는데

벽시계 초침 소리만 살아있다

*이 시는 한국전쟁 당시 도솔산 전투(제주 출신 용사들이 상당수 이 전투에서 부상, 전사함)에서 부상당한 참전 용사의 인터뷰를 위해 방문 시, 그때의 상황, 심경을 쓴 시.

(2017년에 발간한 『최후의 죽음 되길』(열림문화)에 게재했던 시를 발표 당시와 다소 수정해서 실었다.)

삶보다 처절한 침묵

지옥같은 고통을 아는 자는
수다스럽지 못하다

묵상으로 겨울을 견뎌내는 나무들처럼
차마 침묵하고 만다

침묵으로 침묵으로 오로지
침묵으로 제 몫의 생을 살아낼 뿐이다

그리하여, 그들의 침묵은 뜨겁다

뜨거운 생의 몸부림이다

세밑 단상

어제처럼 여기서 서성이고 있을 뿐인데
여지없이 또 한 해가 지려하네
매양 해는 가고 오는 것이거늘
그럼에도
세밑 심사는 자못 스산하도다

제대로 살고 있는 걸까
무엇을 잃었고 잃지 않았을까
정녕 어디쯤 서 있는 걸까
세월의 두께만큼 꿈틀대는
회한, 아쉬움, 서글픔들……

아무려나
구태여 서글프게 무언가

어차피 한 찰나인 것을
기껏, 그 한 찰나
시작도 끝도 없는

3부

나를 잊고 살았다

때론 뱀보다 못한 게 인간

인생은 슬픔으로 흘러가더라

생의 비애

아물지 않는 상처

이제는 4·3을 승화시킬 때다

제주는 고향을 잃었다

어머니, 나의 어머니

아버지를 그립니다

모래 한 줌의 유골

순결의 시인, 윤동주

고통은 흔적을 남긴다

나를 잊고 살았다

마침내 언 땅 뚫고
파릇파릇 돋아나는 새순들
그 인고의 시간 앞에 숙연해 본적이 언제던가

제 몫의 생을 살아내느라 마른 그루터기 속에서
꼼지락꼼지락 분주한 애벌레들
그 치열한 안간힘에 귀 기울여 본적이 언제던가

양말 벗고 맨발로 흙밭 밟으며
대지의 은혜에 가을의 풍요에
감사해 본적이 언제던가

누군가를 위해
가슴속 울음을 울어 본적이 언제던가

깊은 밤 겸허히 무릎 꿇어
나보다 아픈 그들을 위해 기도해 본적이 언제던가

먹고 사느라 나를 잊고 살았다
꽃들도 별들도 잊고 살았다

때론 뱀보다 못한 게 인간

뱀은 뱀끼리 싸울 때
독을 쓰지 않는다

그들에게 있어 독은 천적으로부터
자신을 보호하는 마지막 무기일 뿐

동종끼리 싸움에는
끝끝내 내뿜지 않는다

인간과는 다르다

인생은 슬픔으로 흘러가더라

젊은 날의 달력은 기쁜 날 축하할 날로 반짝였다
삶도 무지개색 마냥 반짝였다

이제는 반짝이지 않는다
빨강 노랑으로 반짝이던 날들은
폐허 같은, 파편 같은
무채색으로만 나뒹굴 뿐

달력마저 어둡다
동그라미 쳐진 날마다
기일 날 조문 가는 날로만 채워졌다

이별로만 채워졌다

반짝이던 무지개색 삶이 무채색으로 바래질 즈음
인생도 종착역에 닿아 있었다

생의 비애

잡힐 듯 잡히지 않는
닿을 듯 닿지 않는

마침내는

혼자로 끝나고 마는
한 줌 흙으로 끝나고 마는
그렇게
아무것도 아닌 것을

산다는 것은……

아물지 않는 상처

할아버지의 한낮에도
할머니의 일몰에도
하늘 끝 거기에도
피 묻지 않는 곳이 없다

이 섬에는
사람의 수만큼
바람의 수만큼
죽음이 있다
통곡이 있다

죽지 않은 응어리가 있다

각혈 쏟듯 꽃은 져
속울음 어언 75년!

아, 이 섬에는
삭혀도 삭힐 수 없는
못다 한 것들이 있다

이제는 4·3을 승화시킬 때다

어떤 이는 말했다
1948년 4월, 이 섬은 죽어 가는 것들로 천지가 진동했었다고
시대도 사람도 미쳐 있었다고
일제 36년의 폭정보다 더 참혹했었다고

어떤 이는 말했다
한날한시에 남편은 무장대에 아들은 토벌대에 죽임을 당했다고
이데올로기가 뭔지 남로당이 뭔지 왜 죽어야만 하는지
죽어 가면서도 그들은 몰랐다고
시체들은 내 뼈, 네 뼈 뒤엉킨 채 동빙한천凍氷寒天에
나뒹굴었다고
혼자 살아남았다는 죄책감에 매해 4월만 되면
꼭 한번은 통곡하게 된다고

어떤 이는 말했다
낮에는 토벌대에 밤에는 무장대에 쫓고 쫓기는
악몽의 나날이었다고
앞엔 절벽 뒤엔 낭떠러지였다고

그래서 살아남으려면 죽일 수 밖에 없었다고
그래서 그 누구도 단죄할 수 없다고

어떤 이는 말했다
두 번 다시 그런 비극을 겪는다면
결단코
총 한 방으로 죽는 쪽을 택할 거라고

아, 이 언어절言語絕의 역사!

하지만
그럼에도 불구하고

이제는 단호해져야 한다
냉철해져야 한다
언제까지 4·3의 생채기에 묶인 채
제자리걸음만 할 수 없지 않는가
좌익·우익, 항쟁·폭동…… 갑론을박하며

제 살만 깎을 수 없지 않는가

사건의 진상·진위 운운할 때는 지났다

안다, 사무치도록 안다
분하고 원통함에 시간도 세월도 약이 되지 못한다는 것도

그럼에도 불구하고

이 아픈 역사를 미래의 역사로 승화시켜야 한다
'불가항력의 시대가 낳은 아픔'으로 수용하고
건설적인 방향으로 승화시켜야 한다

4·3의 역사를 통해 미래를 열지 못한다면
이야말로 진정 비극이 아닌가!

제주는 고향을 잃었다

이제는 들리지 않는다
꽃망울 터지는 소리 나뭇잎 소리 물소리가

세계적인 관광지란 미명하에
소박하고 제주다운 것들이
콘크리트 밑으로 사라지고 말았다

제주는
잃어버려서는 안 될 것들
그 무엇으로도 대체 불가능한
모태적이고 본질적인 것들마저
망가지고 파헤쳐지고 말았다
돈으로 환산할 수 없는
영원한 것들까지 잃어버렸다

고향을 잃어버렸다

생각해보라
우리가 살 만큼 살다 돌아가는 곳이 어디인가
귀의처가 어디인가

이쯤 해서 놔두자
자연 그대로 놔두자
아무리 깎아 지르고 다듬은들
자연의 아름다움보다 더한 아름다움이 어딨겠는가

어머니, 나의 어머니

당신 묻던 날, 철 이른 진눈깨비 흩날렸지요
마르지 않던 당신의 눈물인 양 흩날렸지요
눈송이 사이 바람들도 빈 가지
막막히 감싸 안으며 흐느꼈지요

어머니, 당신의 일생 속에 눈물 아니던 날은 몇 날이었는지요
두 다리 뻗고 자 본 날은 몇 날이었는지요
지아비 두 살림에 까맣게 가슴 태우던 날은 정녕 몇 날이었는지요

어머니, 어머니, 당신은 투사였습니다
그렇습니다, 어머니,
총칼 들고 불의에 항거하는 자만이 어찌 투사겠습니까
몸뚱어리 하나 녹여 자식들 세상 바람 막아주던
당신은 투사였습니다
산 입에 거미줄 치랴, 그 아득한 수렁의 세월
온몸으로 헤쳐나가던 당신은 투사였습니다

그 상처들 피멍들 약 한번 바르지 못한 채 떠나버린

어머니, 나의 어머니

아, 살아생전 철없이 철없이 불효막심
후두둑 눈물만 눈물만⋯⋯

아버지를 그립니다

아버지를 회상하면 슬픕니다
외로이 술잔 기울이던 모습이 떠올라 슬프고
올망졸망 커가는 자식들의 양식 걱정 학비 걱정에
끙끙 속앓이하던 모습이 떠올라 슬픕니다
소독약 젖은 서느런 옷자락 사이로 보이던
적막한 등짝이 떠올라 슬픕니다

비 오는 날 막막히 앉아
켜켜한 회한들을
화선지 위로 엎질러 놓던
그 붓끝이 떠올라 슬픕니다

아버지, 그때의 당신의 나이가 되니 보입니다
그 외로운 붓질의 고뇌가
탕진하듯 젊음을 허비해 버린 그 고독의 깊이가

그리고 보입니다
홀연히 그리도 홀연히 이승의 끈을 놓아버려야만 했던

그 큰 슬픔도

이제서야……

아프게……

그립습니다, 아버지

모래 한 줌의 유골*

1943년 11월, 피바람 휘몰아치던
남태평양 타라와, 늪 같던 이역만리
죽음과 죽음뿐인 그날

아, 그날

타라와의 물결은 어떻더냐
노도로 울어 치더냐
천둥 우레는 또 어떻더냐
통곡으로 울어 치더냐

국가도 민족의 품도 없이 스물의 타는 혼불 되어
애타는 아리랑도 불렀더냐
망국의 설움에 절망의 벽 내리치던
뜨거운 밤도 있더냐

칠흑 같은 해협의 심연 끝에서
처자식 그리움으로 떠돌던

떠돌던 밤은 또 얼마더냐

붉은 모래 위 하얗게 삭아
한 줌 뼈로도 산화하지 못한 넋들

이제는
대명천지 새 세상에서
한도 원도 해원解冤 하여
약천사 지장보살 염력으로
부디 영면하시리라
넋이여, 혼백이여!

＊이 시는 서귀포시 보목동 故 김복만 선생님의 부친을 애도하며 쓴 시다.
　김 선생님의 부친은 태평양 전쟁 말엽, 일제의 강제징용으로 타라와 전투
(1943년 11월 20일부터 23일까지의 미군과 일본군 간의 전투, 이 전투로
미군은 1,500여 명, 일본군은 3,000명 이상의 전사자(이 중에 1,000명 이
상이 조선인)를 낸 피비린내 나는 전투였다)에 참전, 안타깝게 전사했다.
그로부터 종전된지 근 50년 만에(1993년) 김 선생님은 몇몇 유족들과 유
해 봉환을 위해 당시 격전지였던 타라와섬을 방문, 다섯 살 때 헤어졌던 부
친과 반세기 만에 쓰라린 해후를 했다. 해후라고는 하나 어디에 뼈 한 조
각이나마 남아있었겠는가. 단장(斷腸)의 심정으로 유골 대신 해안가의 모
래 몇 줌만을 가슴에 품은 채 차마 귀향해야만 했다.

다행히 도의 지원으로 2009년부터 중문 대포동 소재, 약천사 경내에 위령
탑을 건립·조성되어 매해 위령제를 거행하고 있다.

(2017년에 발간한『최후의 죽음 되길』(열림문화)에 게재했던 시를 발표 당
시와 다소 수정해서 실었다.)

순결의 시인, 윤동주

일본 유학을 위해 도일증명서가 필요했고
이를 발급받기 위해 부득불 창씨개명을 해야만 했던 그
이런 자신을 용서할 수가 없어
'녹슨 구리거울에 비친 욕된 얼굴'이라고
참회록을 쓰며 괴로워했던 그
인생은 살기 어렵다는데
시가 쉽게 씌어지는 것은 부끄러운 일이라며
괴로워했던 시인, 윤동주

1943년 7월, 치안유지법 위반이라는 죄명으로
아니, 단지 조선인이라는 죄명으로
후쿠오카 형무소에 수감, 영어囹圄의 몸이 되고 말았다
낙인처럼 찍힌 645번의 붉은 죄수복

육신은 갇혔고 영혼은 쫓기고 있었다

하지만, 어두운 감옥도 참혹한 고문도
시를 향한 열정은 가둘 수 없었다.

고통이 깊어 갈수록 시어들은 반짝였고 언어들은 순결했다

1945년 겨울, 28세,
쥐를 대신할 실험 대상으로 전락해 버린 육신
흡혈귀처럼 잔혹한 생체실험으로 시나브로 육신은 죽어갔다
그 비통의 시간들 속에서도 붓끝은 타올랐다

가장 순결한 언어만이 가장 참혹한 시대를 증언할 수 있다고 믿었던
그의 붓끝은 타올랐다

숨이 멎는 순간까지 '한 점 부끄럼 없이' 노래했다

그의 죽음을 지켜보았던 일본인 간수는 증언했다
목숨이 사그라들던 순간,
그 순간에 외마디 절규하며 운명했다고

이승에서의 마지막 외침, 무엇이었을까
고국 품에서 죽어 가고 싶었노라고

고국 품에 묻히고 싶었노라고 탄식이라도 했던 걸까
대한독립만세라도 외쳤던 걸까

아, 순결의 시인, 윤동주
하늘
바람
별
그리고 조국을 사랑했던
모든 죽어 가는 것들을 사랑했던

4부

흔들려라, 방황하라

친구 예찬

사람이 사람을 품는다는 것

오라, 봄이여!

진정한 승자

이 순간만이 네 것이다

연애야말로

그는

딸아, 아들아

신은 공평하다?

그리움으로 그리움으로

내 고향은

고 통 은   흔 적 을   남 긴 다

흔들려라, 방황하라

그렇게
흔들리고 방황하고 있다면
너는 제대로 살고 있는 거다
찬란함 속에 있는 거다

충분히
흔들려라
방황하라

한두 번 길 잃어 보지 않고
어찌 길을 찾을 수 있겠느냐

친구 예찬

어이 꽃뿐이랴
곱게 물든 단풍도 가는 발길 붙잡는다
더욱이
낙화한 꽃은 지나쳐도
빛깔 고운 단풍은 주워 모은다
책갈피에 고이 간직한다

사람인들 다르랴
잘 늙은 사람도 잎잎 태우는 단풍산 마냥 아름답다
깊어 갈수록 타오르는 빛깔로 아름답다
저토록 붉게붉게 깊어 가는 동안 그들의 젊은 날도
붉게붉게 타올랐을 것이니
그리하여 이윽고 절정이 지나
흙의 깊은 뿌리에 스미어

이내 봄꽃을 피워 내리니!

오, 놀라워라, 단풍이여, 사람이여!

사람이 사람을 품는다는 것

얼마나 영혼이 깊어야
얼마나 가슴이 깊어야
사람을 품을 수 있으랴

가슴이 영혼에 닿을 만큼 깊어지면
깊어지면
사람을 품을 수 있으랴

사람이 사람을 품는다는 것
죽고 사는 일보다 어찌 쉽고 가볍다 하랴

사람이 사람을 품는다는 것
그 위대하고도
뜨겁고도
쓸쓸한

오라, 봄이여!

봄은
코로나가 끝나야 올 줄 알았다
전쟁이 끝나야 올 줄 알았다

봄은
이 지상에 영영 오지 않을 줄 알았다

오고야 말았다

코로나 뚫으며
미사일 뚫으며
푸틴의 영혼 없는 심장마저 뚫으며
기어이
기어이
봄은

기적처럼

기적처럼
봄도 왔는데

가자, 나아가자!

진정한 승자

나이 들수록 품격이 나는 사람들이 있다
삶의 고비들을 슬기롭게 넘겨
스스로 잘 가꾼 표시가 나는 사람들
주름살마저 빛나 보이는 사람들

그들에게선 명품 가방 금시계를 차지 않아도
사람 냄새로 향기롭다
틀림없이 그들은 입으로 머리로가 아닌
가슴으로 살아왔을 것이고
덕을 베풀며 살아왔을 것이다

그리하여 인생의 승자가 된 것이다

이 순간만이 네 것이다

꽃피면 온전히 기뻐하라
지는 걸 생각지 말라

사랑이 오면 두 팔 벌려 안으라
떠날 걸 두려워 말라

춤출 때면 남김없이 마지막처럼 하라
내일을 기대 말라

이 순간, 오직 이 순간 뿐이니!

아름다워라!
쾌락하여라!

연애야말로

철학 서적 열 권의 무게와
한 번 연애의 무게는 같다
아니다
한 번 연애가 더 무겁다
연애야말로
최대한 빠른 속도로 지옥을 경험케도
다시 태어나게도 하기에

그는

그는
일견 비관적인 듯 하나 긍정적이었다
현실적이면서도 현실적인 것들에 도취 되지 않는
순수함이 있었다
어딘지 고독해 보이지만 성정까지 어둡지는 않았고
사람을 긴장하지 않게 하는 섬세함의 소유자였다
사람을 좋아하는 여유로움도 있었지만
자신은 분명한 도덕의 잣대에 맞추려는 엄격함도 있었다
여린 마음인 듯 하나 상대를 압도하는 장악력도 있었다

오만하지 않게 줄 줄 알았고
비굴하지 않게 받을 줄도 알았다

욕망을 끊임없이 지워내고 걸러내며
이성적으로 살아가려고 애쓰는 사람
그 사람,
내 노년을 퍽이나 아름답게 해주는
그 사람

딸아, 아들아

애들아, 엄마로서가 아니라 인생 선배로서 몇 마디 하마

산다는 건 만만치가 않다
결코 만만치가 않다.
그리스신화 '시지프스의 바위' 들어봤을 게다
올리고 올리고 끊임없이 올려야만 하는 바위 말이다
그러하다, 삶도 매한가지이다
고난의 연속이다
하지만, 이것도 알아야 한다
고난들이 모여 살 힘이 되고 너를 강하게 만든다는 것도 말이다
쇳덩이도 담금질 당할수록 더 단단해지지 않느냐
그와 같은 이치인 게다

세상의 잣대나 틀에 네 삶을 꿰어 맞출 필요는 없다
남과 다른 방식으로 살 필요는 없다만
굳이 타인의 삶에 맞출 필요도 없다
네가 옳다고 생각하는 대로 네 기준에 맞게
네 자신을 위해 살거라

삶의 중심은 너여야 한다
설령 가족이라 해도 네 인생을 걸지는 말거라
누군가에게 건 인생은 네 인생이 될 수 없다
무엇보다도 자신의 삶, 자신의 행복이 우선이어야 한다

때에 따라서는 이게 옳다 싶으면
적당히 이기적이어도 무방하다

좋은 사람이 되려고 애쓸 필요도
일에 너무 치여 살지도 말거라
내일을 위해 오늘을 희생하며 살지 말라는 얘기다
그때그때 누려야 할 기쁨들을 두루두루 누리며 살거라

살다 보면 예기치 않은 고난도 찾아온다
그럴 때면, 사는 게 다 그러려니
살다 보면 누구나 다 그럴 수 있으려니
담담하게 긍정적으로 받아들이거라
어차피 인생길엔 기쁨보다 고난이 더 가까이 있는 법이다

작은 기쁨으로 큰 고통들을 견디고 잊으며 살아가는 거다
다들 그렇게 살아가는 거다

효도는 됐다, 군이 애쓸 필요 없다
너희들의 탄생이 효도였고
성장하는 과정에서의 기쁨이 효도였다
너희들의 인생, 잘 살면 그게 큰 효도다
그걸로 충분하다

너희들을 통해 인생을 배웠고 사랑을 배웠다
고맙구나

신은 공평하다?

일세풍미했던 절세미인이 불치병으로 쓸쓸히 죽어 가고
무소불위의 권력자가 말년에 고독사하고
권세의 재벌가가 끝내 자식으로 몰락하고……

이렇듯 얻음으로써 반드시 잃음이 있으니
이래서 신은 공평하다고들 하는 걸까

아무렴 어떠랴
잘났건 못났건 다들 한 곳으로 흘러가는 것을

그리하여

그로써 끝장인

그리움으로 그리움으로*

봄 한 철도 빈 가지
여름 한 철도 빈 가지
그리 살았더니라
죽음 안고 살았더니라

때가 되니 눈은 또 오는데
저 눈 녹으며 봄도 또 올 터인데
일 년 열두 달 하냥 눈만 내리고
남은 건
껍데기 같은 빈 몸 뿐

내 바라는 건 오로지
저 눈 같은 하얀 아이들의 웃음소리
지아비의 따숩던 등짝
온돌방의 온기 같은 것들

다만, 따스한 그것들

내 고향은

오뉴월 햇살 아래 볼레낭 줄기줄기 뻗어나갈 때면
어릴 제 내 고향 보목리는 어화둥둥 자리돔 축제!
아주망 오라방 아이 삼촌 어울더울 더덩실 더덩실!
막걸리 한 사발에 불콰한 복순이네 하루방 머언 바다보며 허허

마을 정기 품어 안은 섶섬과 오름은 수백 년 풍상 속에 의연하고
삭은 돛 펄럭이며 힘차게 그물 건져 올리던 고깃배
잔설 속 귤 향 바람결에 실려와 더욱이 고즈넉한 곳이어라

가슴 가슴 정 넘쳐 살 힘 북돋아 주던
작고도 너른 품이어라
아, 까닭 없이 눈시울 붉어지게 하는
요람이어라

돌아가련다
가난한 내 영혼 하나 이끌고
동심의 볼레낭 아래로

그 품에 안기면
머언 곳도 그립지 않으리

5부

열다섯에 사랑을 보았다

함부로 사랑을 말하지 마라

사랑은

그리워해 본 사람은 말한다

사랑보다 아픈 그리움

외로움의 미학

염원

못다 한 말들은

절망

이름만 불러 볼 뿐

11월의 노래

죽음이 대수랴, 사는 일에 비하면

끝나지 않은 꿈

고 통 은   흔 적 을   남 긴 다

열다섯에 사랑을 보았다*

열다섯 살이었던 겨울, 그때에 깨달았다
이 세상에는 죽음보다 목숨보다 더 강한 것이 있다는 것을
사랑이었다, 그렇다

사랑이었다

무상의 사랑은 죽음보다 강하다는 것을 그때에
그때에 깨달았다

때는 1977년, 생사보다 생존이 더 절박하던 그때
난 열다섯, 그녀는 열아홉의 꽃다운 나이에

그녀는 한 남자를 사랑했다

먼 친척뻘 되는, 품어서는 안 될 사람이었다
하지만 이미 마음을 주어버린 그녀
불구덩인줄 알면서도 사랑하기를 포기하지 않았다
한사코 요지부동이었다

그럴수록 어른들의 어깃장도 거세만 갔다
천륜을 저버리고 도리를 저버리는 일이라며
한사코 마음 접기를 종용했다

거역할 수 없는 천륜에
깊어만 가는 사랑에
속수무책의 가난에
비빌 언덕 하나 없었던 열아홉의 그녀는
고독했다
절박했다

그 겨울 동틀 무렵, 고립무원 속에서 허덕이던
그녀의 시간은 뚝, 멈추고 말았다

나의 선망, 동경이었던 그녀는 썰렁한
구들장에 적막하게 누워 있었다
체온도 숨도 없는 육신은 오직 적막했다
사랑보다 죽음이 편했던 걸까

꿈꾸듯 평온해 보였다
눈물을 삼키며 방안을 둘러보았다
펼쳐진 일기장 갈피에 짤막한 메모가 보였다

'이승 아니면 저승 아닌가
또 다른 별로 떠나리라
오직 사랑만을 안고 떠나리라
그리하면
다시는 돌아오지 않으리라
가차 없이 무無 되어 버리리라
죽으면 다 죽어버리리라'

오직 단 한 번의 사랑으로 단 한 번의 생을 닫아버린 그녀
남은 생마저 사랑에 던져 버린 그녀

그녀는 그렇게 떠났다
그렇게……

열다섯이었던 그 겨울, 나는
죽지 않는 사랑을 보았다

* 이 시는 마흔다섯 해 전, 사랑의 아름다움을 믿으며 열아홉의 나이로 생을
  마감해 버린 피붙이를 회상하며 쓴 시.

함부로 사랑을 말하지 마라

혹자는 말한다
실연하더라도 사랑하는 게 낫다고

사랑에 목숨 걸어 본 사람은 감히 말하지 않는다
사랑보다 실연이 낫다고

죽어서야 끝나는 실연도 있으니까

목숨 바쳐 사랑하는 사람도 있으니까

사랑은

사랑은 마법처럼
잊었던 심장 뛰게 하고
잠자던 영혼 춤추게 하고
침묵으로도 노래하게 하나니

또한 사랑은
눈멀고 귀 멀게 하여
벌겋게 데이고 상처도 주나니

그럼에도 사랑은
진흙탕 속에서 연꽃이 피어나 듯
상처조차 아름답나니
아픔조차 헛됨이 없나니

그리하여 아픔만큼 상처만큼 더 큰 사랑으로 돌아오나니

사랑하고 더욱 사랑할지어라

제대로 된 사랑 한번 못 해본 인생 삭막하리니

그리워해 본 사람은 말한다

가슴 저리게 그리워해 본 사람은 말한다
사랑만은 미루지 말라고
사랑하고 있는 그 순간
그 순간만이 진정,
한 사람의 심장에 남는
뜨거운 사람이 된다고
유일한 한 사람이 된다고

그러니 간절하게 간절하게
사랑한다 말하라고

사랑보다 아픈 그리움

우리
세월이라고 불러도 좋을 시간들을 함께 했네
사랑이라고 불러도 좋을 시간들이었네
기적이라고 불러도 좋을 시간들이었네

아니, 아니다
무쇠 같은 그리움뿐인
끝모를 기다림뿐인 시간들이었네

하나가 되어 본 적도 둘이 되어 본 적도 없는

영원한 평행선의

아득한

그리움뿐인

외로움의 미학

요즈음 부쩍 외롭다면서요
자식들은 제 갈 길 떠나버리고
어디에도 맘 둘 곳 없다며 울먹였지요
어찌 그대뿐이겠습니까
다들 혼자 왔다 혼자 가는 인생, 외로울 수밖에요
그래요, 살아간다는 건 나이 든다는 건 외로움에 익숙해지는 것
혼자임을 깨달아가는 것, 아닐까요

난 알고 있지요
이 외로움이란 놈은 그 누구도 치유해 줄 수 없다는 것을요
상처 입은 짐승들도 제 혀로 제 상처 핥아 치유하 듯
제 눈물도 제 스스로 치유할 수 밖에 없다는 것을요

또한 알고 있지요
외로움이 깊어진 만큼 영혼은 더 자유로워진다는 것두요
해서 작정해 버렸지요
외로워지기로, 차라리 외로워지기로

생각해봐요
이 시린 외로움이 없었던들

어찌 사랑을 알았겠습니까
어찌 철이 들었겠습니까

염원

산 깊은 속 외딴섬 어디라도 좋으리
낯선 언어의 그리스 바닷가쯤이면 더욱 좋으리
아니, 이름 모를 어딘가에서 기꺼이 길 잃은들 무슨 상관이랴

그 머언 곳으로 홀연히 떠나
무거운 한 세월 부려놓고
오로지 나로만 살고 싶으이
티브이·전화도 내려놓은 채 무욕의 고독 속에
오로지 나로만 살고 싶으이

달빛 스미는 밤이면
윤동주가 사랑했던 별하늘과 별하늘 닮은 시들과
도란도란 잠을 청하리니
그저 그렇게 사는 대로 살다 한낱 깃털처럼
표연히 사라진들 아깝지 않으이

못다 한 말들은

차마 말이 되어
나오지 못하는 말들
너무 깊고 슬퍼
몸짓으로도
눈빛으로도
내뱉지 못하는 말들
그 말들은
어디로……

침묵으로도
가슴으로도
흐르지 못하는

그 말들은……

절망

육십 평생 살아왔건만
어디로 가야 할지 어디로 돌아가야 할지
세상 끝에 선 양 숨 막히고 막막하다며
그가 울었다

살아도 살아도 살 수가 없다며
부끄럽기만 하다며
그가 또 울었다

미치고 싶어도 미쳐 지지가 않는다며
그가 또 미친 사람처럼 울었다

이름만 불러 볼 뿐

처연히 가을비 오던 날
앨범 정리했다
학창 시절 단체 사진을 보다 웃다 울었다

이제는
이승에 없는 친구가 해맑게
너무도 해맑게 웃고 있었다

생전 죽지 않을 사람처럼

11월의 노래

꽃지고 잎마저 져
뼈대만 앙상한 저 나목 같은
절망한 사람의 눈물 같은 조락의 11월
이순耳順의 내 나이쯤의 계절

그리하여 좋으리
애증도 집착도 낙엽처럼 비워
이제는 더 이상 견뎌야 할 추락도 없어 좋으리
봄·여름 마냥 빈틈없이 정열적이지 않아 좋으리

어딘지 쓸쓸한, 고적한
그 여백이 좋으리

죽음이 대수랴, 사는 일에 비하면

삶의 모습이 죽음의 모습이라던가
상관없다
어디에서 어떻게 죽든
이 한 생, 잘 살았으면 됐다
살아냈으면 됐다

죽음까지 욕심내며 살기엔 삶만으로도 급급하다
형벌처럼 숨 가쁘다

그리하여
죽음은 내버려 둘 것이다

죽음이 대수랴, 사는 일에 비하면

끝나지 않은 꿈

그때, 그때였다
무작정 삶으로부터 도망치고 싶었던
스무 살 적, 그때

세상에 길들여질 자신이 없어
홀연히 속세를 떠나 비구니로 살아볼까 고심하며
이 사람 저 사람에게 조언을 구했었다

그러자 그들은 이구동성으로 말했다

속세에서 남 살 듯이 살라고
남 살 듯이 사는 게 정답 인생이라고
정해진 삶의 궤도에서 이탈하는 순간
낙오자가 된다고……

그때에, 만약 그때에 인생의 정답 따윈 없다고
네 살고자 하는 삶이 정답이라고
누군가 넌지시 귀띔해 주었다면, 그랬다면

아마 지금쯤

석가모니의 무욕無欲과 법정 스님의 고독을 거처 삼아

이 산 저 산으로 망연히 망연히 떠돌고 있었는지도

딱 한 발짝 인연 모자라 잃어버릴 수 밖에 없었던 꿈

젊었고 뜨겁던 그때의 꿈

일체유심조라 했던가

언젠가

아, 언젠가는

시펑

절망 끝의 문

– 한기팔(시인)

고 통 은   흔 적 을   남 긴 다

절망 끝의 문

"아니, 이미 다 지나갔다/ 어떤 밤이 온들 빛을 낳는 밤은 없다/ 빛으로 남는 밤은 없다/세상은 오늘도 독이 든 성배/ 위조같은 평화"(p.33) "세상은 교과서처럼 공평하지도 아름답지도 않다는 것"(p.42) "어차피 한 찰나인 것을/기껏, 그 한 찰나/ 시작도 끝도 없는"(p.50) "마침내는/ 혼자로 끝나고 마는/ 한 줌 흙으로 끝나고 마는/ 그렇게/ 아무것도 아닌 것을 /산다는 것은"(p.59) 이처럼 현진숙의 시에는 일견 니힐니즘의 세계관이 주조를 이루고 있는 듯 하나 심층을 들여다보면 '희망'의 다른 이름임을 어렵지 않게 유추해 낼 수 있다. 이는 「날개가 없다고 어찌 비상을 꿈꾸지 않으랴」에서 확연히 드러난다.

세상을 믿어도 될까
세상을 믿어도 살아남을 수 있을까
사람을 사랑해도 될까
사람을 사랑해도 추락하지 않을까

전쟁터에서도 아기는 태어난다지
오아시스도 애시당초 사막이었다지

날개가 없다고 어찌 비상을 꿈꾸지 않으랴

보아라
내리꽂히는 저 폭포수도 비장히 거슬러 올라
하늘에 맞닿나니

아이야, 일어나 하늘을 보아라
작열하는 태양의 이글거림을 보아라
솟구쳐오르는 광명의 빛을 보아라

보아라

저 오천 년의 붉은붉은 햇덩이를 보아라

아이야, 날아보자꾸나
세상을 믿고 사랑도 하며
훨, 훨,

날개는 추락하기 위해 있나니!

「날개가 없다고 어찌 비상을 꿈꾸지 않으랴」 전문

전쟁터에서도 아기는 태어나고 오아시스도 애시당초 사막
이었다고 한다. 그러면서 오천 년의 붉은붉은 햇덩이를 안고 날아 보잔다. 세상을 믿고 사랑도 하며 훨훨 날아 보잔다. 날개가 없다고 어찌 비상을 꿈꾸지 않을 수 있느냐며 날개는 추락하기 위함이라며 강한 역설을 부각시킴으로써 마침내는 궁극의 긍정을 낳고 있다. 이러한 경향은 「꿈인들 어떠랴」에서 더 선명히 드러난다.

　　나고 죽고
　　피고 지고

　　삶이란 다만 꿈일 뿐
　　꿈인지도 모르는 꿈일 뿐

　　꿈 아닌 건 죽어있는 것뿐
　　그것, 그것뿐

　　그래서 어쩌란 말인가
　　어쩌란 말인가!

　　그렇다 한들

　　그럼에도 불구하고……

「꿈인들 어떠랴」 전문

　　삶이란 한순간의 꿈임을 알면서도 '그래서 어쩌란 말인가'의 물음에는 '그렇다 한들 그럼에도 불구하고'로 답하고 있

다. 부정이 아니라 종국에는 희망으로 귀결되고 있다. 이뿐
만이 아니다. 「고통은 흔적을 남긴다」와 「사는 법」의 일부를
보자.

(......)
그럼에도, 살아 남는 것 만이
유일한 의미라는 걸
인생의 승리라는 걸
그들은 처절히 처절히 알고 있다

그들에게 있어 죽음은 단지 패배일 뿐이다

「고통은 흔적을 남긴다」 일부

(......)
감당할 수 있을 만큼만 입 열고 귀 열고 마음도 열며

나머지 능력 밖의 것들은 세월에 맡긴 채

가슴도 반은 닫은 채 말이야

그래, 이렇게 살고 있어

이 와글와글 세상
너무도 잘 나고 당당한 사람들....그 틈바구니 속에서도
죽지 않고 살아남으려고

「사는 법」 일부

이 와글와글 세상과 너무도 잘나고 당당한 사람들의 틈바구니 속에서도 감당할 수 있을 만큼만 입 열고 귀 열고 마음도 열며, 더구나 가슴도 반은 닫은 채 끝내 죽지 않고 살아남겠다며 선언하고 있다. 살아남는 것=승리, 죽음=패배라는 이분법적 인식보다 더한 생의 애착이 어디 있겠는가, 이러한 낙관적 이미지는 다양한 형태로 시 전반을 관통하며 역동성을 더해주고 있다. 이처럼 현진숙의 시들은 과도하게 과장하거나 기교 부림 없이 명쾌한 구도와 명료한 문체로 부정·절망이 아니라 긍정과 수용의 미학으로 승화시켜 나간다. 또한, 문체가 간결하다고 해서 메시지까지 결코 평이 한 건 아니다. 오히려 간결하고 명료한 언어들은 명확하고 구체적으로 그 본질에 접근함으로써, 표출되는 울림과 여운은 깊다. 좀 더 부연해 보자. 애매모호한 형이상학이 아니라 살아있는 직접적인 언어들과 생활밀착형의 소재들은 시적 탄력을 더해주며 강한 에너지를 수반하고 있다. 심지어 이러한 양상은 왜곡된 현실, 역사문제로까지 심화되어 나타난다.

"해 질 녘, 시장 귀퉁이에 웅크려 앉아/ 팔아본들 만원 될까 말까 한 파 몇 단 붙들고/오가는 행인을 바라보는 할머니의 간절한 눈빛이 슬프다/ 할머니만큼 해진 소쿠리 속의 손때 꼬깃한 지폐 몇 장과 /동전 몇 닢이 또 슬프다/ 하루라도 아르바이트 빠지면/ 사생결단이라도 날 것처럼/눈이 벌겋게 달려가는 청년의 땀에 젖은 얼굴이 슬프다"(p. 26) "세상은/ 힘 있는 자, 가진 자 위주로 돌아간다는 것/ 해서 힘없는 자 가

진 것 없는 자는 끝까지 가질 수 없다는 것/ 해서 진실이 이기
는 게 아니라 이기는 게 진실이라는 것/ 해서 시대는 위태롭
고 희망은 죽어가고 있다는 것"(p. 42) "방문을 열자 눅눅한
요 위에 강옹이 누워 있다/ 이 엄동 한파에 불기라곤 석유난
로 하나/ 요 밑으로 앙상한 손과 발 가느다란 팔다리가 보
인다/점심으로 때웠는지 옹이진 밥주발과 몇 점 남은 김치 쪼
가리/ 신문지 위에 엉켜 있다/국물도 반찬도 없는 점심이었나
보다/ 저녁식사 사드릴까요 묻자/ 한 끼 먹었으니 됐다고 한
다/ 담배로 허기도 달랠 수 있다며/ 담배나 한 갑 사달란다/
가슴이 아프다/ 인터뷰고 나발이고 무슨 소용인가/ 수천·수
만의 언어가 무슨 소용인가/ 이미 강옹이 모든 걸 증명하고
있는데"(p. 47) "제주는/ 잃어버려서는 안 될 것들/ 그 무엇으
로도 대체 불가능한/ 모태적이고 본질적인 것들마저/ 망가지
고 파헤쳐지고 말았다/ 돈으로 환산할 수 없는/영원한 것들
까지 잃어버렸다/ 고향을 잃어버렸다"(p. 64) "국가도 민족의
품도 없이 스물의 타는 혼불되어/ 애타는 아리랑도 불렀더냐
/ 망국의 설움에 절망의 벽 내리치던/ 뜨거운 밤도 있더냐/ 칠
흑같은 해협의 심연 끝에서/ 처자식 그리움으로 떠돌던/ 떠
돌던 밤은 또 얼마더냐/ 붉은 모래 위 하얗게 삭아/ 한 줌 뼈
로도 산화하지 못한 넋들"(p. 71)

　일련의 예에서 보듯 마치 피냄새 나는 듯 한 강렬하고도 구체
적인 문체들은 과거와 현재를 주도면밀하게 형상화하며 폭넓
은 공감을 이끌어내고 있다. 더구나 비판의식, 고발성의 요소

까지 가미되어 공감의 폭은 배가 되고 있다. 한발 더 나아가 4·3의 새 차원의 견해까지 피력하며 이미지를 극대화해 나간다.

"하지만/ 그럼에도 불구하고/ 이제는 단호해져야 한다/ 냉철해져야 한다/ 언제까지 4·3의 생채기에 묶인 채 / 제자리 걸음만 할 수 없지 않는가/ 좌익·우익, 항쟁·폭동…… 갑론을박하며/ 제 살만 깎을 수 없지 않는가/ 사건의 진상·진위 운운할 때는 지났다/ 안다, 사무치도록 안다/ 분하고 원통함에 시간도 세월도 약이 되지 못한다는 것도/ 그럼에도 불구하고/ 이 아픈 역사를 미래의 역사로 승화시켜야 한다/ '불가항력의 시대가 낳은 아픔'으로 수용하고/ 건설적인 방향으로 승화시켜야 한다/ 4·3의 역사를 통해 미래를 열지 못한다면/ 이야말로 진정 비극이 아닌가"(p.63)

앞서 언급했듯 머릿속에서 나오는 추상적 관념이 아니라 삶의 현장에서 갓 건져 올린 듯한 생생한 묘사들은 일상의 차원을 넘어 사회적·역사적 문제들까지 재조명의 기회를 부여함과 동시에 묵직한 시사점을 던지고 있다. 현진숙의 시만이 갖는 매력이자 장점이라 하겠다.

'어차피 한 찰나의 삶', '한 줌 흙으로 끝나고 마는 삶'일지언정 '삶은 신성한 것'이라며 순결의 시인 윤동주가 사랑했던 별하늘과 법정 스님의 무욕의 고독을 거쳐 삼아 시인의 여정은 계속될 것이다.

부록

4·3과 미국

한국과 일본

4·3과 미국

　1948년, 미군정하의 어수선한 해방정국, 한반도는 남·북이 좌·우로 분열되어 첨예하게 이념 대립 중, 남한 단독정부의 윤곽이 드러나자 수세에 몰린 남로당 제주도당은 4월 3일 새벽, 기어이 한라산 중턱에 무장봉기의 횃불을 올렸다. 길고도 긴 6년 6개월간의 '피의 반란'의 신호탄이었다. 섬은 하루아침에 무법천지로 돌변, 피는 피를 부르며 사태는 걷잡을 수 없는 소용돌이에 휘말렸고 급기야 국가공권력이라는 무력까지 가세하기에 이르렀다. 이에 작전 진압을 진두지휘하던 미 사령관 브라운 대령은 쐐기를 박았다. "원인에는 흥미 없다. 나의 사명은 진압뿐이다." 이뿐만이 아니었다. "계획대로라면 제주 사태는 2주일이면 서쪽 끝에서 동쪽 끝까지 싹 쓸어버릴 수 있다. 단 2주일이면 이 섬 전체를 빗질하듯 평정할 수 있다." 이 발언의 저의가 무엇인가. 사건 종결을 위해서는 30만 도민의 목숨쯤은 개의치 않겠다는 얘기다. 빈대 하나를 잡기 위해 초가삼간 통째로 불태워 버릴 수도 있다는 얘기다.
　여기에서 한번 상기해보자. 4·3의 전개 과정에서 가장 참혹했던 시기가 언제던가. 1948년 11월부터 이듬해 2월, 약 4개월간이었다. 이는 이승만 정권이 출범한지 3개월 만의 일이

었다. 이 기간 이전의 사상자 수는 천여 명에 불과했다. 4·3
의 전 기간 동안 사망자 수는 3만여 명……

그렇다면 4개월 동안 이 좁은 섬에 무슨 일이 벌어졌던 걸
까. 3만여 명에 달하는 상당수 사람들이 불과 4개월 사이에
희생되었다는 사실! 무엇이? 누가? 왜? 묻지 않을 수 없다.
이 물음 앞에는 서북청년단(서청)을 짚고 넘어가지 않을 수
없다. 그들이 어떤 존재였던가. 북한체제에 회의를 품고 월
남한 청년들의 조직이었다. 이 말인즉, 공산주의에 극도의 증
오심을 품고 있었다는 얘기다. 이런 사상의 사람들이었기에
제주 도민을 빨갱이라는 인식하에 안하무인의 횡포를 휘둘
렀다. 당연히 이들의 배후에는 이승만 정권과 미군정이 버티
고 있었다.

여기서 간과해서는 안 될 것이 있다. 1948년 8월 15일 대
한민국정부가 수립되면서 사실상 미군정체제는 끝났다고는
하나 이승만 정권과 주한미군사령관 사이에 체결한 한·미군
사협정에 의해 한국군의 작전통제권은 여전히 미국측이 장악
하고 있었다. 이는 무얼 시사하는가. 이승만 정권과 미국이
4·3의 중심에 있었다는 방증이다. 물론 안다. 근본 원인 제
공은 남로당에 있었다는 것도, 냉전체제와 민족분단의 혼란
의 와중에서 발발한 참사인 만큼 가해자와 피해자의 경계가
모호한, 특수한 사건이라는 것도…… 그렇다고 인명을 경시
한 공권력의 횡포까지 정당화 할 수는 없다. 아무리 그럴듯
한 이념일지라도 인간의 목숨에 버금가는 가치란 없기 때문
이다. 그럼에도 이승만 정권과 미군정은 이를 지켜내지 못했

다. 지켜내기는 고사하고 브라운 대령의 호언대로 1948년 11월을 기점으로 이 섬은 아비규환의 학살터였다. 제주 전역에 계엄령이 선포되었고 중산간 마을이 초토화된 것도 이때였다. 남녀노소 할 것 없이 무려 3만여 명이라는 무고한 목숨이 희생되었다. (2000년 벽두, 김대중 전 대통령에 의해 '제주 4·3 특별법' 서명식 후, 2003년 마침내 노무현 전 대통령이 국가공권력 개입을 공식적으로 인정하며 고개 숙였다.)

냉전체제에서 승리하며 세계 질서를 주도하고 있는 미국, 여전히 우리가 전폭적인 신뢰를 보내고 있는 미국, 툭하면 자유와 인권을 부르짖는 나라답게 2016년 5월, 버락 오바마 전 미국 대통령은 피폭지인 히로시마를 방문, 헌화·참배했다. (하지만 불과 150m여 떨어진 한인 위령비에는 참배가 없었다.) 전범국가인 일본 히로시마를 방문해 고개 숙인 것이다. 전후 70년 만의 역사적인 순간이었다. 역시 인권을 중시하고 평화를 사랑하는 미국다운 처사였다. 4·3도 이제 75주년이다. 그런데 어찌하여 우리에겐 입을 다물고 있는가. 이 엄연한 역사적 진실 앞에 언제까지 함구만 할 것인가. 아직까지는 국가적 차원에서의 어떠한 시그널도 없다. 통한의 사죄까지는 바라지 않는다. 다만 무고한 넋들 앞에 진정성 담은 추념의 예는 있어야 한다. 그렇지 않은한 언제까지 미국은 4·3의 비극 앞에 자유로울 수 없다.

(2017년 발간한 『최후의 죽음 되길』(열림문화)의 내용과 다소 중복되는 부분이 있음을 밝힌다.)

한국과 일본

시·공간적으로도 지척일 뿐만 아니라 역사적으로도 얽힌 게 많은, 여전히 껄끄럽고 갈등 관계에 있는, 그야말로 '가깝고도 먼 나라' 일본, 이런 나라에 둥지를 튼 지 35년째다. 저들과 부대끼고 부딪히며 산 세월이 한국에서 산 세월보다 더 오래다. 해서 가감 없이 써 내려가려 한다. 일본이란 나라를 이해하는데 조금이나마 일조했으면 하는 바람과 때론 밖에서 봐야 안의 실상들이 더 훤히 드러나 보이지 않을까 하는 생각에서이다.

한국인들이 생각하는 것만큼 일본인들은 한국을 특별하게 여기지 않는다. 이들에게 한국은 하나의 외국일 뿐이다. 한국인들처럼 특별한 원한이나 앙금이 있는 건 아니다. (가해자와 피해자의 인식 차이라고 반박한다면야 딱히 되돌려 줄 말은 없지만) 잊을 만하면 우익성향의 정치인이나 극우세력의 망언으로 일본 전체인 양 매도하지만 그렇지 않다. 극히 일부에 지나지 않는다. 오히려 젊은 세대들은 질 높은 한국 대중문화의 영향인지 선망의 대상으로 보는 젊은이들도 부지기수다. 이제는 우리도 시류에 맞게 편견 없이 좀 더 객

관적으로 일본을 보자. 과거사로 피해의식만 부각시키며 감정적으로 대응할 때는 지났다. 더구나 이제는 한국도 일본과 대등한 수준의 선진국이 아닌가. 군이 일본을 따라잡아야 할 이유도 없고 애써 격하하며 속끓일 필요도 없다. 편하게 대등한 입장에서 있는 그대로 인정하고 수용하자. 거슬러 올라가 550여 년 전, 조선 제일의 외교관이자 지일知日학자였던 신숙주는 임종 시 '일본과의 화평관계 유지'를 유언으로 남겼다. 먼 옛적의 일이긴 하나 그래도 그 방면의 제일인자가 유언으로까지 남겼다는 건 그만한 이유가 있었을 것이다. 배우고 본받을 만한 요소들이 있다는 방증이 아닐까.

말 나온 김에 배울만한 덕목들은 몇 짚고 넘어가 보자. 우리 귀에도 익숙한 저들의 장인정신, 크고 작든 완전무결한 상품 하나를 만들기 위해 열과 성을 다하는 장인정신은 새삼 거론할 필요도 없고 높은 질서 의식, 근면성, 철저한 서비스 정신 등은 세계 최강이라 해도 손색이 없다. 또 하나, 평소에는 자신들만의 틀 속에 갇혀있다가도 대형 지진 등 재난 앞에서는 확연히 달라진다. 과감히 '나'를 버리고 공동체를 위해 일사불란하게 움직인다. 사적인 감정 따윈 버리고 상대에 대한 배려를 우선시하며 재난에 능동적으로 대처해 나간다. 저들만의 집단의식, 집단 응집력이 빛을 발하는 순간이다. 이러한 것들이야말로 돈으로 환산할 수 없는 저들만의 무형 자산임과 동시에 경제 대국을 이룬 원동력이기도 하다. 일이 터졌다 하면 네 탓, 내 탓, 책임 전가에 급급한 나머지 똑같은 참사만 되풀이되는 한국과는 다르다. 위기 상황에서 그 사람의 진가가 드러나 듯 국민성도 매한가지 아닐까.

저들의 저력은 노벨상에서도 두각을 드러내고 있다. 인류 문명의 발달에 기여한 자에게 수여하는 노벨상, 현재 일본은 28명이나 수상자를 배출했다. 문학상은 물론이고 물리학, 화학, 의학 분야에까지 고루 배분되어 있다. 한국은 김대중 전 대통령의 평화상이 유일할 뿐, 다른 분야에서는 전무하다. 이 차이는 어디에서 오는 것일까. 이는 무얼 시사하고 있는 걸까. 차이점이야 어디에 있든 노벨상의 시사점은 결코 가볍지 않다. 노벨상은 그 나라의 국력을 반영한다는 말이 괜히 있는 게 아니다. 일본은 여전히 경제 규모 세계 3위인 경제 대국인데다 아시아 유일의 G7의 참여국이다. 장기적인 경제침체, 좁혀진 소득격차 등으로 과소평가하는 소리가 여기저기서 들려오지만 결코 만만한 상대가 아니다. 한국의 생존과 도약을 위해서라도 일본의 존재는 무시할 수 없다. 미·중 갈등, 북핵 위협, 득세해만 가는 자국우선주의 등 난제들은 산적해만 가고 막말로 중국이 등 돌리고 일본마저 나몰라라하면 나라 꼴이 어떻게 되겠는가. 한·일 관계를 양자 간의 좁은 틀로만 봐서는 안 되는 이유이다. 언제까지 과거사에만 발목 잡혀서는 안 되는 이유이다. 지금이야말로 젊은이들에게 미래를 개척하고 꿈을 줄 수 있는 대승적이고 미래지향적인 과감한 결단이 필요한 시점이다. 앞서 언급했듯 지나친 피해의식도 버리고 필요 이상의 우월의식도 버려 배울 것은 배우고 이용할 것은 현명하게 이용하며 공동번영의 진보의 역사로 나아감이 현시점에선 최선이 아닐까.